KB211116

어머니의 기저귀

어머니의 기저귀

초판 1쇄 인쇄 2012년 3월 10일
초판 1쇄 발행 2012년 3월 15일

지은이 | 이정희
펴낸이 | 서영애
펴낸곳 | 대양미디어
등록 | 2004년 11월 8일 제2-4058호
주소 | 서울시 중구 충무로5가 8-5 삼인빌딩 303호
전화 | 02-2276-0078
팩스 | 02-2267-7888
전자우편 | sdanbi@kornet.net

값 | 10,000원
ISBN 978-89-92290-48-7 03810

어머니의 기저귀

이정희 감성시집

한국인의 서정을 쓰고 싶었습니다

어린 시절에는 글쓰기를 참 열심히 한 적도 있었습니다.

성인이 되면서 글쓰기와는 먼 생활을 하면서도 옛 일은 지울 수 없는 그리움 같은 것이었습니다. 혼자 무언가는 써야 되겠다는 생각을 늘 갖고 있었습니다. 우리시대, 한국인의 정서를 쓰고 싶었습니다.

인간사가 복잡해지고, 삶의 양식이 다양해지면서 우리의 정서도 달라지고 있는 것 같았습니다. 아쉬웠습니다. 우리의 전통과 문화와 서정은 우리 고유의 것입니다. 그것은 우리 가락으로 그려내야겠기에 시조형식에 담아 표현해보려고 했습니다. 하지만 쉽지 않았습니다.

단시조는 그릇이 작은 것 같았고, 연시조는 형식의 제약에 부딪치기도 했습니다. 그래도 막상 써보니 우리의 정서를 성공적으로 담을 수 있고, 양식상의 새로움에 대한 추구와, 언어 제약과 공간의 활용이 좀 자유로울 수 있는 것은 연시조와 일반적인 자유시라는 생각이 들었습니다. 그래서 시조로 표현이 어려운 것은 시로 썼습니다. 그래서 시와 시조를 한 자리에 정리했습니다.

그간의 마음 자취를 이렇게 정리하고 나면 또 언제 이런 기회가 있을까 생각 했습니다.

더욱 폭넓은 통찰과 풍요로운 사유를 보여주지 못해 많은 아쉬움이 남습니다.

『서리 내린 아침』에서
『어머니의 기저귀』까지

김종상(새문학신문 주필, 한국문인협회 고문)

이른 아침./ 초가지붕 마루가 새하얗다.
거두어들이지 못한/ 호박덩굴과 고추나무가
어린 열매를 안고/ 애처롭게 시들었다.
"째째째."/ 참새들은/
해님이 그립다고 조잘거린다.
사람들의 두 주먹은/ 호주머니 속으로/ 들어가고,
입에선/ 굴뚝같이/ 모두가/ 뿌연 김을 내뿜는다.
　　　　　　　　　　　　—『서리 내린 아침』 전문—

1958년 10월 30일, 서울중앙방송에서 전파를 탄 이정희의 동시다. 정희는 상주 외남초등학교 때 내 제자다. 졸업 때까지 문예반에서 글 솜씨를 자랑했는데, 5학년 때 서울 중앙방송국에 뽑힌 이 동시는 뛰어난 사생시로서 방송으로 널리 알려졌고, 여러 글짓기교재의 모범예문으로 많은 사랑을 받았다. 그때 상주는 글짓기교육을 잘 해서 1959년에는 「대구매일」에서 청동, 외남과 상주초등학교 등을 중심으로 어린이글짓기교육을 취재하여 신년특집으로 보도했고, 같은 해 5월 10일부터는 「한국일보」가 외남을 중심으로 『여류작가의 묘판』이라는 기사를 사회면에 연재하면서 상주는 『꼬마문사의 고장-동시의 마을』이란 이름을 갖게 되었다. 『여류작가의 묘판』이란 한국일보가 취재 왔을 때. 외남의 100편에 가까운 대외 입상작품 중 88%가 여자 어린이들의 작품이었기 때문이었다.

정희는 이 『여류작가의 묘판』의 주인공 중 한 사람이었다. 정희는 동시 외에도 생활일기를 빠짐없이 썼고, 누에의 일생을 기록문으로 남기기도 했다. 하지만 성인이 되어서는 사회교육과 가정생활에만 집중했던 것으로 알고 있다. 그런데 어느 날 갑자기 시집을 내고 싶다고 했다. 뜻밖이었다. 그동안 정희는 더러 문안전화는 해도 글을 쓴다는 말은 없었기에 문단 경력을 물어봤다. 그는 동시와 시로 상을 받은 적이 있는데도 전혀 내색조차 하지 않

왔던 것이다.

작품을 이메일로 보내라고 했다. 작품을 받아보니, 세시풍습과 24절후를 시조로 쓴 솜씨가 훌륭했고, 어머니와 일가친척을 향한 혈육의 정을 그린 자유시들은 청아한 향기로 나를 감쌌다. 특히 『어머니의 기저귀』에서는 누구나 운명적으로 맞게 되는 인생의 노정이 가슴을 찡하게 했다.

『서리 내린 아침』처럼 맑은 서정으로 자연을 노래하던 어린 날의 추억과 향수를 기리며, 이제 정희는 이순의 고갯길에서 달관한 안목으로 『어머니의 기저귀』 같은 인생의 무상을 노래하고 있다. 무슨 말이 더 필요하겠나. 뜨거운 가슴으로 축하의 박수를 보낸다.

| 차 례 |

제 1 부
봄·여름·
가을·겨울

제 1 부

봄·여름·가을·겨울

입 춘

새봄이 온다기에
마음을 설레이며

묵은 먼지 탈탈 털어
집안을 청소하고

대문에는 입춘대길을
커다랗게 써 붙였네.

봄아봄아 어디 있니,
우리 집에 먼저와라

이마 위에 손을 얹고
동구 밖을 내다보니

봄볕은 보리밭에서
낡은 눈을 쓸고 있네.

우 수

봄비가 내리면서
새싹을 깨운다는

오곡밥 지어먹는
우수가 되고 보니

물오른 버들개지는
피리가 되고 싶고.

마른 잔디 불태우는
논두렁 좁은 길로

황소를 대신해서
퇴비를 싣고 가며

툴툴툴 불평을 하는
경운기도 정겹네.

경 칩

개구리가 깨어나며
입을 여는 경칩이라

들냉이 어린 싹은
파랗게 눈뜨지만

아직은 꽃샘바람에
두 어깨를 움츠리고.

냇둑에 미루나무
기지개를 켜보아도

가지 끝에 감겨오는
바람결은 싸늘하고

뿌리에 집히는 얼음도
차갑기만 합니다.

춘 분

밤과 낮의 길이가
똑 같다는 춘분절

머지않아 꽃소식이
들려올 듯 하지마는

꽃샘에 설늙은이들
얼어 죽는다 하지요.

그렇다고 방안에만
웅크리고 있겠어요

개울 건너 양달밭에
파모종을 하여놓고

엄마는 냉이를 캐서
제채국을 끓입니다.

청 명

하늘은 청명하고
봄볕은 따사로와

부모님 산소에
새 잔디를 입혀주고

측백을 둘레에 심어
울타리로 하였네.

뒤란쪽 텃밭에는
몇 구덩이 호박 심고

파릇파릇 연미나리
어린줄기 뜯어다가

생채로 묻혀놓으니
밥상 가득 봄이네.

곡 우

청명도 지나가고
곡우가 돌아왔네

움트는 잎새들과
벙그는 꽃들에게

하늘이 물뿌리개로
단비를 뿌려주네.

푸성귀밭 감자밭과
고추밭 어린 싹들

방글방글 웃으면서
얼굴을 치켜들고

저마다 입을 벌리고
단비 받아먹는다.

입 하

여름이 시작되는
입하가 되고 보니

농민들은 바빠서
눈코 뜰 새 없다는데

신록의 고운 잎들은
나풀나풀 춤을 추네.

도라지 산밭에서
잡초들을 김매다가

흙내와 풀 향기에
종작없이 빠져들어

보라색 꽃이 필 때까지
거기에서 살고 싶네.

소 만

보리 익는 산골짜기
뻐꾸기 우는 소리

이웃끼리 품앗이로
모내기 바쁜 들판

새참에 막걸리 한 잔
어깨춤이 절로 나네.

여름 하루 놀고 보면
겨울에는 굶으라지

논밭 갈아 씨뿌리기
모두가 바쁜 하루

밭머리 감나무들도
골무 같은 꽃을 다네.

망종

보리를 베어내고
모심기를 하는 때라

농촌의 일손들은
턱없이 부족하여

학교를 파하고 나면
집일 돕기 바쁘다.

물 실린 논귀마다
모춤을 던져두고

보리밥에 상추쌈으로
점심을 먹는 재미

인생이 별것이던가,
이런 맛에 사는 거지.

하 지

하지는 일 년 중에
낮 길이가 가장 긴 날

마늘 뽑고 감자 캐고
뽕잎 따서 누에주고

그래도 해가 남아서
막걸리로 잔치한다.

삼도봉 가는 길엔
양파가 지천이라

들에도 마을에도
무더기로 쌓여있네

올해도 어느 집이나
양파인심 좋겠다.

소 서

호박잎에 밥 싸먹고
냇물에 발 담그면

작은 더위 소서쯤은
문제될 게 하나 없지

냇둑의 나무 그늘엔
황소마저 졸고 있네.

벼논에 김매면서
미꾸라지 건져 내어

집에 와서 끓여서는
안주하여 한 잔 하면

태평가 노랫가락에
흥이 절로 나다네.

대 서

대서는 큰 더위라
불볕이 내리쬐지

시냇물에 몸 담그고
손발을 흔들면서

용궁 간 별주부님을
흉내 내어 봅니다.

시냇물을 나오니
삼계탕을 대령이오

바위에 걸터앉아
땀 흘리며 먹다보니

해님도 땀을 씻으며
침을 꼴깍 삼키데.

입 추

가을의 시작이라는
입추가 되는 날은

옥수수 대궁마다
붉은 수염 말라들고

참외밭 노란 꽃들도
환갑이라 떨어지네.

참외밭 일꾼들이
원두막에 낮잠 들면

시끄럽던 매미도
목소리를 낮추고

벼논의 메뚜기들도
얌전하게 쉬네요.

처 서

바람 끝이 선선한
처서 무렵 어느 아침

파장다리 늙어가는
하천부지 채마밭에

부추를 뽑아낸 뒤에
가을배추 심어놓고.

어머니 제삿날에
당신이 김매시던

마을 뒤 과수원과
고개 너머 무밭으로

어머니 생각을 하며
동생하고 가봅니다.

백 로

벌초하러 가는 길엔
망개나무 빨간 열매

어머님 무덤가엔
자홍색의 꽃향유들

모두가 옛 모습대로
다시 피어 있구나.

여기에 누워볼까
어머니가 누운 곁에

언젠가는 우리들도
흙이 되어 누울 자리

나무도 풀꽃 하나도
대수롭게 뵈지 않네.

추 분

추분은 가을철 중
가운데 절후라서

논에는 벼이삭이
샛노랗게 물이 들고

밭에는 오곡백과가
토실토실 익어가지.

집집마다 지붕에는
새빨간 고추 멍석

마당에는 낟가리가
추녀만큼 높아가니

가을은 어느 집이나
곳간이 넘쳐나지.

한 로

찬이슬이 내린다는
한로가 다가오면

감나무도 빨간 감을
풍성하게 받쳐 들고

상주는 감고장이란 걸
은근 슬쩍 자랑하지.

과일 중에 으뜸인건
조율이시 네 가지인데

대추와 밤에다가
배와 감이 그것이라

조상을 모시는 제사엔
빠져서는 안 되지.

상 강

상강은 서리 오는
가을의 끝 절후라

서리 맞고 시드는
호박덩굴 어린 순과

아직도 여름옷 입은
메뚜기가 불쌍하다.

산과 들은 빨강 노랑
색동옷을 입었지만

눈 돌릴 틈도 없이
추수하기 바쁜 하루

벼논엔 탈곡기 소리
쌓여가는 벼 가마니.

입 동

겨울이 시작되니
김치하기 바쁘구나

백김치, 배추김치,
총각김치, 갓김치

우리의 김장김치는
세계적인 음식이지.

추위에 얼지 않게
김칫독을 땅에 묻고

배추와 고구마도
구덩이에 저장하고

추위가 심해지기 전에
월동준비 끝내야지.

소 설

첫눈이 오는 날은
애기가 되고 싶다

우우우 소리치며
눈 속으로 달려가면

어깨에 하얀 날개가
돋을 것만 같았다.

새하얀 눈송이가
풀줄기에 앉으면

풀밭은 순식간에
새하얀 꽃밭이라

거기에 내리는 눈은
하얀 나비 같았다.

대 설

대설은 큰 눈이지
온 세상이 눈 천지지

둥글둥글 눈을 뭉쳐
눈사람도 만들고

신나게 썰매도 타고
눈싸움도 재미있지.

송림에 눈이 오니
가지마다 명화라고

옛 사람도 눈을 보고
이렇게 읊었는데

정말로 눈 덮인 송림은
말 못하게 아름답네.

동 지

동지는 일 년 중에
밤이 제일 긴 날이지

길고 긴 겨울밤에
전래동화 팥죽할미

그것은 듣고 들어도
재미있는 옛이야기.

팥죽을 먹어야만
나쁜 액을 막아내고

새알심을 먹어야
나이도 한 살 먹는다는

동지는 팥죽 먹는 날
옛이야기 생각나네.

소 한

눈 쌓인 산과들은
꽁꽁 얼어붙었는데

부엌에선 가마솥에
달디 단 엿 고는 냄새

깨강정 만드느라고
어머니들은 바쁜데.

털장갑에 털모자로
몸을 감싼 아이들은

미나리꽝 무논에서
얼음팽이 시합하고

마을 앞 빈터에서는
연날리기 신이 났네.

대 한

산과 들이 꽁꽁 어는
대한 추위 긴 겨울 밤

새끼 꼬고 멍석 짜는
행랑채 일꾼들은

겨울이 아무리 추워도
잠을 아껴 일을 했지.

밤이 깊어 출출하면
메밀묵에 막걸리 한잔

초가지붕 추녀 끝에
깊이 잠든 참새들이

일꾼들 손에 잡혀서
술안주가 되기도 했지.

제 2 부

들꽃과 개운못

정월 대보름

정월이라 대보름은
바람 맑고
달도 밝아

손에 손을 맞잡고
달빛 아래
강강술래

달나라
옥토끼들도
쿵덕쿵덕 방아 찧네.

삼월 삼짇날

멀고 먼
남쪽에서

제비들이
온다는 날

보물박씨
물어다가
흥부에게 주던 제비

그 제비
어디쯤 오나
빨리 마중 가야지.

오월 단오

보릿고개 오월 달은
굶주리고
배고파도

동네 사람 한데 모여
그네 뛰고
씨름하고

단오는
우리의 명절
모두 함께 즐겼지.

칠월 칠석

은하수를 건너가서
견우, 직녀
만나도록

까막까치 날아올라
오작교를
놓는다는

오늘은
칠월 칠석 날
연인들이 만나는 날.

들꽃

산골짜기 오솔길에
피어있는 꽃 한 송이

본적도 전혀 없고
이름도 모르는데

그런데 어찌하여서
나를 보고 반길까.

아무도 찾지 않고
가꾸지도 않지마는

저 혼자 꽃을 피워
자랑하는 들꽃 하나

눈웃음 생글거리며
무슨 말을 할 것 같다.

개운못

오랫동안 떠나있다
이따금 찾아와도

못 둑에는 옛날처럼
산딸기 빨간 얼굴

실안개 걷으면서
반겨주는 개운이 못.

바다가 될 꿈을 품고
개운리에 태어나서

큰 물줄기 얻지 못해
산을 베고 누웠다는

추억 속 전설을 안고
나를 맞는 개운이 못.

송편

어머니 손끝에서
보름달이 빚어지고

할머니 손끝으로
솔향기를 뽑아 올려

추석날 저녁 하늘의
정화수에 쪄낸 떡.

할아버지 무릎에서
손자는 잠이 들고

송편을 차려놓은
대청마루 상 앞에는

어느 새 달빛이 와서
가부좌로 앉는다.

산촌

골짝물이 노래하는
내가 자란 그 산촌은

흐드러진 풀꽃들이
생글생글 웃으면서

언제나 옛 모습대로
나를 반겨 줍니다.

새둥지를 뒤져서
멧새 알을 꺼내오고

마을 앞 무논에서
우렁이를 건져오던

떠나온 고향 산촌은
그리움의 샘입니다.

늦여름

투정을 부리다가
돌아앉아 말이 없기에

어느새 꼬박꼬박
졸고 있나 여겼는데

황급히 옷 갈아입고
고갯길을 넘는다.

뒤따르던 해 그늘은
고추밭에 주저앉아

푸른 고추 쓸어안고
가쁜 숨을 몰아쉬며

이렇게 두고 떠나면
어찌하나 걱정한다.

사촌

큰 신발 한 켤레로
열두 명이 신었다지

부둥킨 벌통세월
액체로 스며들고

호박죽 한 그릇에도
숟가락이 열두 개.

벌꿀을 뜰 때는
등꽃도 피었는데

간밤에 부음 받고
날개 접힌 꿀벌 세대

영구차 떠난 뒤에서
훨훨 날던 꿈 삭인다.

종(鐘)

인고의 끈을 풀고
장엄한 울음으로

지나온 한 세월을
목청껏 외쳐 봐도

떨어진 혈육의 정을
무엇으로 대신하랴.

용두를 빠져나가
천공을 휘젓고도

그러고도 한이 남아
지축을 울려서는

탐욕에 눈이 어두운
중생들을 두드린다.

들길에서

가을이 지나가는
들길에 홀로 서서

두 날개 활짝 펴고
바람결을 타고 보면

황금빛 노을 저편에
그리움의 그림자.

구름이 서성대는
언덕에 올라서서

한 줄기 수숫대로
우뚝하게 피어보면

은희색 세월 저 멀리
다가오는 새 희망.

절규

가을이 오다가
되돌아서 가게 되거든

꽃잎에 붙어서라도
피어나 보리라

언덕에 홀로 남아서
겨울을 맞으리라.

새벽이 오지 않는
어둠일지라도

한 올의 빛으로
깨어나 있으리라

서광을 찾는 행군은
멈추지가 않으리라.

산길

쉴 곳을 찾아서
기어가는 칡덩굴이

소나무에 기댔다가
바위 위에 앉았다가

계곡을 가로질러서
오솔길로 접어든다.

한 마리 어린 산새
휘파람을 불면서

나무 위에 앉았다가
풀숲을 누비다가

조그만 날개를 펴고
꼬불길로 날아간다.

밤낚시

발자국 소리에
잠을 깨는 호수 속에

붕어를 꾀어보려고
건빵을 던져 넣는다

하지만 모두 자는지
기척하나 없구나.

자동차 불빛 하나
호수로 다가온다

M씨도 붕어 데이트
가슴부터 설레며

건빵을 붕어들에게
던져주며 기다린다.

제 3 부

칠월 열여드레

사모(思母)

들국화 핀 무덤 속에
홀로 잠든 어머님

이른 새벽 깨어나서
목화밭에 가셨는가

찬이슬
발시리잖게
옥버선을 드리리까.

고향(故鄕)

어머니 계신 곳은
아득하게 먼 고향 땅

학교에 간 나를 위해
햇감자 삶아 놓고

초가집
사립문에서
기다리시던 어머니.

성황당

마을로 넘어가는
성황당 고개 마루턱

어머니 원을 실어
가며오며 빌던 곳

고목은
알고 있을까
어머니의 소망을.

돛배

어머니 생전에
돛배 한번 타신 것을

강물이 하도 맑아
사진인 듯 비쳐보네

세월도
함께 띄워서
흘러 보내 버릴 걸.

보리피리

보리향기 싱그러운
밭머리에 앉아서

입술이 아리도록
불어보던 보리피리

어릴적
어머니에게
배워 불던 그 피리.

어머니 헌 옷

어머니 산소에는
잡초만 무성하네

어머니 옷 한 벌에
내 옷은 열 벌이라

돌아올
한식날에는
새 옷 지어드려야지.

물레

어머니 여윈 손이
물레 위에 조을면

새벽닭도 조심스레
울음을 삼키고

먼동도
동산너머서
망설이고 있었네.

배꽃

어머니 손 부여잡고
봄볕을 즐기다가

배꽃 환한 그늘 아래
말없이 멈추었네

새하얀
배꽃만 같은
어머니의 삶이여.

실반지

어머니 곱던 손에
반지 하나 못 끼시고

삼베길쌈 하시기에
갈퀴처럼 거친 손에

실반지
끼워드리니
애기처럼 웃으셨네.

떡국

어머니가 차려주신
햅쌀 떡국 한 그릇

큰 그릇이 부끄러워
투정도 부렸는데

지금사
알았나이다
떡국을 앞에 놓고.

어머니 장맛

뽕짐 속 오디에
묻어오는 뻐꾹 소리와

쇠먹이 꼴망태에
담겨오는 멧새 소리는

장독대
오지항아리
어머니의 장맛이네.

봄은 가는 데

봄이 오면 꽃씨 갖고
오신다던 내 어머니

다리아파 쉬시는가
길이 멀어 늦으신가

봄날은
지나가는데
꽃으로 펴 오시려나.

어머니 편지

학교에서 돌아오니
밥상에 놓인 편지

밥 먹고 집보라는
어머니의 부탁 말씀

오늘도
감자밭으로
금을 캐러 가셨나.

목화밭

어머니 뒤를 따라
목화 따러 갔던 날

새하얀 솜을 발라
광주리에 담아 이고

집으로
돌아올 때는
마음까지 따뜻했지.

누렁바위

이모 집 가는 길목
산모퉁이 누렁바위

푸른 산을 품고 누운
봄바람 속 송지못

어머니
명주 수건에
보리 개떡 다섯 개.

어머니, 들으시옵니까

모심을 때 가슴 아파
누우셨던 어머니

벼가 팬 걸 못 보시고
눈 감으신 어머니

마당골
길 잃은 가을
목이 메는 흐느낌.

어머닌 가시지 않았습니다

새벽을 담아 이고
아침을 나르시며

하루 종일 논밭에서
일하시던 어머니

해지고
달이 뜨면은
그날처럼 오실까.

어머니, 보낼 수 없습니다

앞강물이 마르도록
살자시던 내 어머니

눈보라 돌밭 길을
서둘러 가시었네

강물을
그냥 두고서
어찌 혼자 가셨소.

칠월 열여드레

어머니 가신 길이
그리 먼 걸 몰랐었네

꿈에도 못 오심을
왜 생각지 못했을까

어머니
가신 뒤에야
이제 겨우 깨달았네.

소식

고향 땅에 잠이 드신
어버이 생각나면

까치만 날아와도
무슨 소식 있으려나

부치지
못할 편지를
밤을 새워 씁니다.

제 4 부

밥상엔 네가 없다

갈방산

우리 고향 갈방산
시냇가에 살던 친구

산 이슬 받아먹고
산 노을을 닮았는데

지금은
어디서 살까
산과 내만 남았네.

벗이여

노래하던 벗이여
오월에는 다시 와서

등나무 그늘에서
나를 위해 노래해라

그 노래
다시 한 번만
들려주고 가다오.

안개꽃

강둑을 가득 메운
잔잔한 안개꽃들

황혼이 잠기도록
기다리는 마음 하나

그대가
오지 않아도
꽃을 보고 살리라.

할미꽃

봄바람에 등이 밀려
보리밟기 나오셨네

보리이랑 꼭꼭 밟아
풍년을 기약하며

제비가
돌아오면은
두 팔 들어 반기리.

봄비

창가로 다가서며
나직하게 속삭이다가

행여나 꿈 깰까봐
조심스레 발길 돌려

말없이
돌아서 가는
손님 같은 봄비네.

날개

오래전에 잃어버린
날개를 찾아서

지난날 그 숲으로
헐레벌떡 찾아가니

찢어진
날갯죽지가
바람 속에 흩날리데.

가을산

새색시 다홍치마
산허리를 휘어 감고

타는 가슴 드러내어
모닥불을 지펴놓은

늦가을
타는 단풍은
그대 향한 그리움.

보리밥

이모네 집 갔을 때
구수했던 그 보리밥

열무김치 뚝배기에
쓱쓱 비벼 먹던 맛은

이제는
옛이야기로만
즐겨보는 추억이네.

군에 간 아들아

지금은 새벽 두시
풀벌레도 잠든 한밤

푸른 제복 완전무장
불침번을 섰을 너를

아들아
이 어머니는
머릿속에 그려본다.

밥상엔 네가 없다

토장국 상추쌈도
제자리에 놓였는데

때마다 놓던 수저
밥상엔 네가 없다

바람 찬
낯선 연병장
너는 거기 있겠지.

파도

님이여 파도 되어
하얀 발로 오소서

님이여 파도 되어
한걸음에 오소서

님이여
기다리겠소
여기에서 등대처럼.

눈물방울

내 몸을 쥐어짜면
무엇이 나올까요

애간장 끓이고 끓여
달여진 눈물방울

고질병
앓는 이에게
약으로나 썼으면.

선무당

선무당 말문은
언제나 틔어질까

갓바위 부처님께
천만번 절을 할까

혼자서
닦은 도량에
말문이나 터주소.

산

산아 넌 제발
나를 바라보지 말아다오

그렇게 오래도록
바라보고 있는 사이

너에게
가고 싶으면
어쩌려고 그러니.

나뭇가지

다리가 아파서
절룩이며 걷고 있는데

나뭇가지 하나가
긴 손을 내밀면서

그것은
우정이라고
잡아 달라 하더라.

누에

뽕잎 먹는 누에소리
소나기 소리 같다

비탈 밭 많은 뽕을
다 먹고 넉 잠 잔 후

솜뭉치
하얀 집 속에서
날개 달고 나온다.

집을 짓자

올해는 힘을 모아
커다란 집을 짓자

제주도민 함경도민
모두 모여 같이 살게

남북이
하나로 살게
큰 집 하나 세우자.

허기

배가 고프다가
마음까지 고파버린

허기는 언제가야
끝나게 될 것인가

풍요는
무얼 하는가
애가 타는 기다림.

가로등

어제는 길을 따라
꽃씨를 심어 놓고

오늘은 그 꽃밭을
정성껏 가꿔준다

내일의
화려한 꽃을
기대하는 마음으로.

제 5 부

은행잎은 지고

꽃

그는 기다릴 줄을 안다
제 차례를 알고 있다

그는 고요를 안다
필 때와 질 때를 알고 있다.

꽃이 피기 전에

기도를 할 것입니다
잎새를 다 떨구지 못한
나무에게도
흐린 구름을 안고
내려다보는 하늘에게도
자줏빛 융단을 깔아 놓았노라고

기도를 할 것입니다.

목련

사랑하는 사람아
바라보는 것도 아까워
눈길을 돌리네

너는 왜 꽃으로 태어나서
내 마음을 홀리는가

눈부셔! 눈부셔!
꽃잎이 다칠라
스물스물 다가서는
바람을 막네.

영춘화

편지를 씁니다
일 년을 망설이다

겨우내 써놓은
편지를 펼칩니다

긴 하루
서성거리며
여백을 채웁니다

그 오래 못 다한
말들을 덧붙이면서

지우는 봄비에도
접을 수 없습니다

기다리다
기다리다
허공에 날립니다.

불빛

불빛이 어두워지는 건
어둠이 더해서가 아니라
한 생명이
다해가고 있기 때문입니다

긴 터널 밖으로
저기 저 희미한 불빛은
불빛이 불빛으로
다해서가 아니라
한 생명을 구하러
다가오는 영혼입니다.

바위섬

내 앞으로 섬 하나가
달려오고 있습니다.

내게 다가와 속삭입니다.
모래로 발등을 덮어 줍니다.

차가운 물거품으로
나를 휩싸 안습니다.

그리고 나를 끌고 달려갑니다.

산에서 온 손님

더덕 한 뿌리
식탁에 앉아있네
검은 흙 냄새를 풍기며
하얗게 속살을 내밀고 있네

낯선 얼굴이 수줍은지
산 그림자를 몸에 두른 채
고개를 들지 못 하네

활짝 웃어주면 내게로 올까?

달빛 묻은 옷을 벗기고
물씬물씬 풍기고 있는
산 향기를 맡고 싶네.

그리고
포도주 앞에 놓고
그와 몇 십 년 쌓인
회포를 풀어 보고 싶네
오늘 저녁은.

낙엽

그대
한 송이 낙엽으로
나의 창 앞에 머물렀습니다.

꿈이 아닌 나의 꿈인 줄을
그대
아셨나요.
그립던 이여
그립던 이여

사랑은
머무름이 순간이 아닌 것을
그대 머물 수 없어
바람에 날리면

나
그대 위에
눈으로 덮이리라.

고향엔

고향엔 고향엔
까치 우는 마을

참나무 꼭대기서
왜 날마다 우느냐구요

아직도 오지 않은
그 한 사람 있노라고

고향엔 고향엔
감꽃 피는 마을

봄이면 감꽃은
왜 잊지 않고 찾아 오느냐구요

여지껏 만나지 못한
그리운 사람이 있노라고.

산은 내게

산보다 더 좋은 곳 세상에 없소

산에 오르면
산은 내게
왜 왔는가를 묻지 않소
날마다 산에 올라도
왜 또 왔느냐고 싫어하지 않소
돈을 내라고도 하지 않소
고급옷을 입지 않아도 무시하지 않소
솔잎을 밟으며
솔향기를 맡으면서……
후루루 까치가 내려앉고
끔찍이 반기고 있소

산은 내 어머니와 같소.

나뭇잎

나뭇잎이 돈이다
돈은 나뭇잎이다

이것이 한 장도 없으니
아주 편하고 좋다
나갈 일도 없고
이것이 생기면
이것을 쓰러
시내로 쏘다니면
무지 고달플 텐데
아마 내가 나이 든 걸 미리 알고
내게론 떨어지지 않는가보다

바람아 불어라
좀 더 멀리 멀리 날려버려라.

저무는 날에

해가 바뀌는 이 날에
풍년이 들려는지
눈이 오고 있소

고향에 왔습니다
옛날 길로
돌아서 왔습니다
그 하늘에
포근포근 눈이 내렸습니다
소롯이 평화가 깔린
눈밭에 섰습니다

그대
함께 이 눈을 맞으며
뽀얀 눈길로
발이 시리도록
걷고 싶습니다.

겨울이여

그대
겨울 나러 시골로 가고
나에게 슬픈 겨울만 남았소
이 작은 도시가
우주만한 공간이 되어
내가 서 있소

바람이여
그대 방에 불 지필 때
울타리 되어 막아주오
달빛이여
그대 밤마을 갈 때
내 대신 길을 비춰 주오
겨울을 건너 뛰어
봄이고 싶소

앞 내에 나가
잠자는 버들가지 끝을
벗겨 보았소.

어느 골짜기에서

사슴을 기르겠소
나는 늙었으니
사슴과 벗하여 지내겠소
그대의 노래
골짜기에 가득 차 남아 있소
뻐꾸기 한 마리 와서 울어주던
이 골짜기에
소리 없이 낙엽이 지고 있소

그대의 노래
사슴이 대신 들려주겠소
있다가 쓸쓸해지면
밤새워 그대에게 시를 쓰겠소

그래도 쓸쓸하면
저무는 비탈에 서서 기다리겠소.

은행잎은 지고

그대 집 뜰 앞에
은행나무 한 그루 서 있었네

은행잎 피어날 때
함께 거닐었지

은행잎 떨어지니
그대 떠나야 하네

은행잎 물드는 걸
함께 바라볼 때

그것이 우정인 줄을
이제 알았네

은행나무 아래서
고운 잎 주웠네

그대 다시 볼 수 없어도
책갈피에서 하루에 한 번씩
볼 수 있네.

솔방울

바람이 불면
솔방울은 자란다

야트막한 하늘을 이고
남몰래 큰다

바람이 스치면
솔방울은 살이 찐다

주먹만큼한 꿈을 안고
조금씩 영근다

바람이 머물면
솔방울은 익는다

바람받이 언덕에서

까치소리
솔바람 소리를 먹고 익는다

솔방울은.

제 6 부

어머니의 기저귀

물레

물레가 돌지 않습니다

돌고 싶어도 돌고 싶어도
돌 수 없습니다

떠오르는 상념의 올은
엉켜 버렸습니다
솟구치는 실을 뽑아
감아야 합니다

가락은 녹슬어 멈춰 있는데
꿈을 잃은 물레는
그치지 못 합니다

물레는
어이 꿈을 버리지 못합니까

돌고 싶은
물레의 꿈을.

그물

어제가 내린 그물에서
오늘이 푸덕이고 있다

빠져나간 피라미들이
너털웃음 웃고 있다

아름다운 날들은 잠시
강물에 잠겼을 뿐

가끔씩 그물을 헤집고
갇혀 있길 거부한다

새로운 방생에
몰려든 파수꾼들

기우뚱
그물이 가라앉으려 한다.

기다리는 나무

나무야!
내가 고향에 오는 걸 어떻게 알았누

동구 밖 까지 나와서
여린 두 손으로는 부족하여
온 몸으로 환영회를 열고 있구나

몇 날이나 연습을 했기에
얼굴색이 검푸르게 변해있누
그 많은 소식을 달고 서서 왜 말이 없누

산소에서 어머니가 보냈구나 너를.

객(客)

나는 객이요
하늘이 붉다한들 무슨 말을 하리요
붉다가 붉다가 푸르거든
그때서야 말하리다

멀어진 길 하나, 돌아갈 길 앞에서
저문 저녁 식탁에 빈 잔으로 지켜 앉아
그대에게 한 잔의 술이 되리다.

꿈꾸는 봄

누가 풀어 놓은 나비 한 마당
접혔던 나래 털고 훌 훌
자유인

그대에게 한 뼘의 웃음이 되겠소
내가 아름다운 웃음을 보내지 못함은
가라앉은 슬픔을 건져 올려
태우고 있기 때문이니

저 건너에선
연인의 웃음이 번져 오고 있는 것을
오, 신생아 눈뜨는 신비.

숭늉을 끓이며

참새도 날아들지 못하도록
함박눈은 내려 쌓이고
나는 생각에 잠기면서
숭늉을 끓인다

은빛 주전자가 시간이 지남에
희부옇게 달아오르고
알 같은 숭늉이 뿌옇게 변해간다
숭늉 색깔처럼 되어버린 할머니 머리
할머니 시대 것만 좋아하시는 할머니
올 겨울
그 시절의 뜨거운 숭늉 한 그릇
올려 드리지 못했다

그 시절의 따끈한 진짓상 한 번
받쳐 드리지 못했다
지척에 계신대도
정수장 중턱에 벚꽃이 피면
할머니 업고 벚꽃 보러 가야지
봄이 몸부림치며 온다

숭늉은 솟구쳐 끓어오르고
눈이 조용히 그치고 있다.

어머니의 기저귀

내가 아기였을 때
어머니가 기저귀를 채워 주었지

그 어머니가 지금은
내 기저귀를 차고
방에 누워만 계시네.

내가 어른이 되어 지금
어머니의 기저귀를 채워 주네.

내가 방실방실 웃으며
어머니를 쳐다보던 그때처럼.
나를 바라보며 어머니가 웃네.

오줌이 마려운지
얼굴을 찡그리며 웃네.

거룩한 손

95세 어머니를 뵙고 온 날은
아이처럼 엎드려 울었습니다.
숨죽이며 속으로 끄윽끄윽 울었습니다.

나비같이 가벼워진 어머니 등짝을 곧추세우곤
겨울 나뭇가지처럼 앙상한 어머니 손등에
내 눈물을 뚝뚝 떨어뜨렸습니다.
눈 어둡고 귀 먹어서 보도 듣도 못 하지만
눈물방울로 나를 알아보시는 어머니!

가을걷이 끝내고
오늘 같은 동짓달 긴 밤이면
왕골자리 짜느라고 밤을 지샜지요.
엄동설한에도 손 한번 마를 새 없었지요.
자리 짜서 한 아름씩 머리에 이고
시오리길 굴다리 장터에 내다 팔았지요.

자리를 다 팔고 해질녘이면
어머니는 주린 배를 참으시면서
멀찍이 학교길 길목에서
도너츠 한 봉지를 나에게 쥐어주셨지요.
살은 다 빠지고 뼈만 드러난 갈퀴 같은 손으로
나의 눈물을 닦아주셨습니다.

어머니 영전에

쓰는 것만이 나의 구원이요
나를 지탱하는 의지였습니다.
꺼져가는 불씨에다 불쏘시개로
불을 붙였습니다.
꺼지지 않는 불꽃으로

지나온 인생의 사유와 고뇌를
모두 안고 가신 어머니,
신새벽 강인한 생명력인 야생의 꽃으로
살다 가신 어머니께 이 글을 바칩니다.

귀향

징검다리 건너면 붉은 산
대지는 보랏빛 꿈을 꾸었다
태양의 미소가 감미로워서
대지는 초록빛 꿈을 외쳤다

새털구름 한가로운 곳
산 꿩이 한나절 울었더이다
옥수수 바람에 흔들리우니
느티나무 아래로 오수가 고요하다

비둘기 창공에 맴도는 맴을 도는 날
사슴은 하늘을 보고 뿔을 키웠다
산등성이 청머루 영글었으매
이제사 태고적 소망은 나래를 폈다

징검다리 건너편 붉은 산
대지는 황금빛 꿈을 깨었다
태양의 미소가 감미로워서
대지는 찬란한 꿈을 깨었다

징검다리 건너면 붉은 산.

그림 한 장

눈을 감고 그림을 그린다.
동구 밖엔 개울이 흐르고
어느 느티나무 놀이터가 있는,

잔디밭 너머엔 진달래 몇 송이 피고
단오절 그네를 타던
앞집 수야네는 어디로 갔을까
빈터만 남기고
담 너머 식이네도 뿔뿔이 흩어지고
집은 다 허물고
옆집 순이네는 딸네로 유람을 떠났는가.
대문을 잠그고 사는 뒷집
영이네는 지금도 흙냄새를 맡으며
환하게 불을 밝히고

배꽃 자두꽃 흰 매화 노란매화
일 년 내내 꽃이 피고 있는 우리 집
뒤꼍 언덕은 봄날을 피워 내고
담 작은 꽃밭에선
홍초 맨드라미 채송화가 피고

봉숭아가 물든 어머니의 손톱에선
여름이 피어나고 있다.

감나무에 노랗게 가을이 오고
마당 끝으로 한 해가 기울면
설빔 준비를 하는 어머니의 겨울밤
눈 덮인 마을이 가득하고
눈을 뜨고 나면 어느새
사계절이 창에 매달려 있다.

용평을 노래하다 ①
—용평의 겨울 〈과거〉

용평은 나에게 멀고도 먼 곳이였죠.
내가 소녀였을 때
이모 집 언니가 평창 횡계 복지목장에 있었죠.
덕분에 나는 겨울방학을
천지가 눈뿐인 대관령 아래 그 곳에서 보냈죠.
날마다 눈은 배꼽까지 쌓였죠.

식량을 구하러 갈 때도
사람들을 만날 때도
썰매를 타야했죠.
옥수수 밭을 돌아서 솔밭을 지나
능선을 타고 날아다녔죠
썰매는 사람의 발이였죠.
그곳 사람들은 누구나 스키 선수였죠.

그 시절엔 쌀이 귀했죠.
아침은 밥을 먹고 점심은 감자, 옥수수를 삶고
저녁은 밀 분식을 했죠.
산속에 펑펑 함박눈이 내리면
아궁이에 장작불 활활 타오르고

화롯불 고구마 익는 냄새에
산토끼 마실 오는 소리

눈. 눈. 눈.
눈 속에 기다림이 있고
눈 속에 만남이 있는 고장
일 년에 절반은 눈꽃에 묻힌 아름다운 곳
대관령을 꿈꾸면서
가자! 용평 스키장으로
용평에서 만나요.

용평을 노래하다 ②
―용평의 여름 〈현재〉

여름휴가 때
가족들과 용평 리조트엘 갔지요.
첩첩산중에 별천지가 전개되었죠.
사방에는 흐드러진 눈꽃
누구를 맞으려고
뒹굴며 깔깔대며 귀여운 몸짓들일까
누구라도 꽃밭에 앉았다 가게
산중턱엔 빼어나게 잘생긴 방갈로들
누구라도 쉬었다 가게
누구든 그 품에 안기고 싶다네

웅장하고 거대한 점프 스키장 앞에서
여기가 어딘가요
나는 그만 눈을 감고 말았죠
그 자리엔
40년 전 작은 썰매를 타고
산을 지치던 내가 있을 뿐이었죠
눈이 폭포처럼 쏟아지던 곳
눈처럼 많은 사람들이
눈 속에서 축제를 한다지요

원시림이었던 이곳에
세계인들이 몰려오는 올림픽장이 된다지요

젊은이들이여 용평을 가보라
한국의 눈부신 발전을 만나게 될지니
일등급 휴양지 용평! 산이 바다이듯
끝없이 짙푸른 청무 밭
청솔바람 아래 청무 밭에 앉아
강원도의 별미 막국수를 맛보세요
여름은
알프스보다 시원한 용평에 머물고
용평 휴양지에서 만나요.

풀잎의 노래

강릉 어딘가에 살고 있을 이종사촌 언니
30년을 만나지 못했습니다

보리밭 고개 너머 솔숲을 구비 돌아
바위 벼랑길 내려서면 송지못에 이릅니다
대나무 숲에 이모 집이 있었습니다
전화가 없었어도
가면 못 둑에 나와 있던 언니
철없던 때
못 둑 풀밭에서 즐겁게 즐겁게
하모니카를 불고 놀았습니다
풀잎이 듣고 있는 줄을 몰랐습니다
떠나는 건 애초에 없었습니다

그곳에 가야 합니다
슬프게 그 곳에 가야 합니다
풀잎에 부르는 노래 있었네.